ŒUVRES

POSTHUMES

DE MADAME

DE GRAFIGNY.

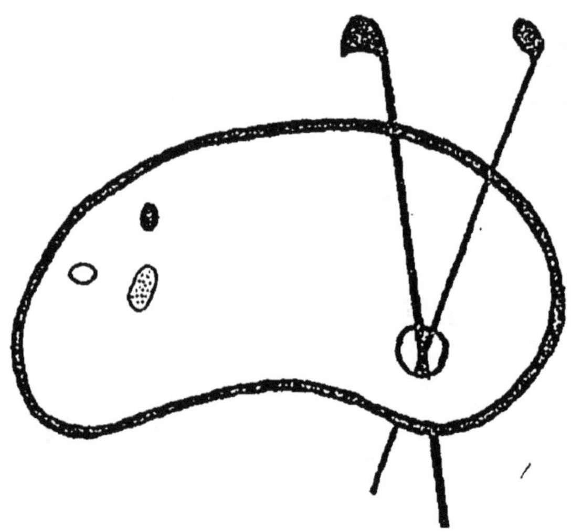

COUVERTURE SUPERIEURE ET INFERIEURE
EN COULEUR

ZIMAN

ET

ZENISE,

SUIVI

DE PHAZA,

Comédies en un Acte en Prose.

PAR MADAME

DE GRAFIGNY.

A AMSTERDAM,

Et se trouve à PARIS,

Chez SEGAUD, Libraire, rue des Cordeliers.

M. DCC. LXXV.

AVERTISSEMENT.

CEs deux Piéces font de feue Madame de Grafigny. Si quelqu'un, après les avoir lues en doutoit, il ne fe connoitroit guères en ftile. L'éditeur ne voulant point reffem-bler à ces hommes qui n'aiment que les poffeffions exclufives, fe hâte de partager avec le public, le petit tréfor que le hazard lui a fait découvrir. Sans doute les reftes d'une plume, auffi juftement admirée paroitront infiniment précieux. A

la légéreté, à la délicateſſe du pin-
ceau, le lecteur ſenſible reconnoîtra
le cœur d'une femme.

ZIMAN

ET

ZENISE.

PERSONNAGES.

BIENFAISANTE, *Fée.*

ZENISE, *jeune Princesse.* }
ZIMAN, *jeune Prince.* } *Elèves de la Fée.*

MIRFLOT, *Païsan.* }
PHILETTE, *Païsanne.* } *Elèves de la Fée.*

BLAISE, *Pere de Mirflot.*

UN AMBASSADEUR, & sa SUITE.

La Scène est dans le Château de la Fée.

ZIMAN

ET ZENISE,

COMÉDIE.

SCENE PREMIERE.

LA FÉE, ZENISE.

ZENISE.

EH bien, ma bonne ! après ce qui eſt arrivé, differerez-vous encore à découvrir le ſecret de notre naiſſance ?

LA FÉE.

Vous le ſaurez avant la fin du jour. Mais pour faire connoître celui de mes deux élèves qui doit être Roi, il faut encore d'autres épreuves.

A

ZENISE, *d'un air triste.*

Mais, Madame, si vous en faites faire souvent de pareilles, il n'y résistera pas.

LA FÉE.

Qui ?

ZENISE, *d'un ton compatissant.*

Ziman, il est si délicat !

LA FÉE.

Il vous interesse beaucoup à ce que je vois. —

ZENISE.

Non, Madame, mais l'exposer à combattre un lion à son âge !

LA FÉE.

Mirflot n'a t-il pas combattu de même, & cependant vous ne le plaignez pas.

ZENISE, *d'un ton naïf.*

Oh ! Madame ! il est bien plus robuste.

LA FÉE, *d'un ton malin.*

Et parce qu'il a de la force, je gage que vous en concluez qu'il est de basse naissance, avouez-le ?

ZENISE.

Non, Madame, je crois seulement que Ziman doit être Roi, parce qu'il a eu le courage de vaincre un lion.

LA FÉE.

Vous vous trompez, Zénife, fi la valeur eft néceffaire à un Roi, c'eft plutôt pour bannir de fon ame le vice qui lui eft oppofé, que pour la mettre en pratique. Elle caractérife le foldat, mais il faut bien d'autres vertus pour faire un grand Monarque.

ZENISE.

Eh bien, Madame, Ziman ne les poffede t'il pas toutes? Il eft doux, complaifant & je lui crois le meilleur cœur du monde.

LA FÉE, *fouriant.*

Vous en jugez favorablement, Zénife, mais n'êtes vous pas un peu trop prévenuë en fa faveur?

ZENISE, *toujours fur le ton naïf.*

Moi, Madame? hélas! je n'ai garde, fi nous allions être lui & moi d'une naiffance différente, quel malheur!

LA FÉE,

Vous foupirez Zenife?

ZENISE, *triftement.*

Oui, Madame, n'ai-je pas raifon? n'eft-il pas bien trifte d'ignorer qui l'on eft? tenez, Madame, on vous nomme Bien-

faifante , vous avez beaucoup de bontés
pour nous , mais vous nous rendez tous
quatre bien malheureux.

LA FÉE.

En quoi donc ?

ZENISE.

En ce que depuis que vous nous avez
dit la moitié de votre fecret , nous ne fa-
vons plus comment nous parler, ni comment nous aimer ; car enfin fi Philette eft
une Princeffe, je ne lui porte pas affez de
refpect : fi elle n'eft qu'une Païfanne , elle
n'en a pas affez pour moi. Si je fuis deftinée
à être Reine, & que j'aille avoir de l'amitié
pour un païfan, cela feroit fort mal : fi je
ne fuis qu'une petite fermiere, & que je
plaife au Prince, c'eft encore pis, Ziman &
Mirflot ne font pas plus à leur aife que
moi. Madame, je vous en conjure finiffez
notre incertitude.

LA FÉE.

Je vous ai dit cent fois qu'il n'eft pas
en mon pouvoir.

ZENISE.

Dites-moi au moins, ma bonne , la
raifon de votre filence.

LA FÉE.

Je veux bien vous fatisfaire la-deffus.

Le moment de la décision approche, je ne vois plus nul danger à vous inftruire des motifs de ma conduite. A la mort d'un des plus grands Monarques de la terre, ce Prince me confia fon fils encore au berceau & me fit jurer par le Styx que je lui cacherois fa naiffance jufqu'à ce que par fes vertus il fe fut rendu digne de la connoître. Pour rendre le fecret plus impénétrable, je jugeai à propos d'élever avec le jeune Prince le fils d'un fermier né le même jour, afin que confondant leur naiffance, & leur éducation, ils ne puffent fe diftinguer eux mêmes que par leur propre mérite.

ZENISE.

Voilà qui eft bon pour eux, mais pourquoi faire la même chofe pour Philette & pour moi ?

LA FÉE.

Le voici. Je formai dès lors le deffein de donner au Prince une époufe accomplie lorfqu'il feroit en âge de fe marier. Pour affurer la réuffite de mon projet, j'enlevai la fille d'une Reine qui mourut en lui donnant le jour, & je l'ai élevée de la même maniere que le Prince, afin de

A iij

mieux connoître si ses sentimens étoient dignes de la place que je lui destinois.

ZENISE.

Cependant, Madame, il me semble que si l'on savoit qui l'on est, on prendroit encore plus de peine à se rendre parfaite. Par exemple, si j'étois sure d'être Reine, j'aurois bien du plaisir à être raisonnable, mais à quoi me serviront mes sentimens, s'il faut garder les moutons ?

LA FÉE.

Ne méprisez aucun état Zénise, il faut des vertus à une Bergere aussi bien qu'à une Reine.

ZENISE.

Je le crois, Madame, & c'est pour cela que je voudrois savoir celles que je dois acquérir par préférence.

LA FÉE.

Pratiquez-les toutes, ma fille, la douceur, la bonté, la modestie font autant d'honneur à une Reine qu'à une Païsanne.

ZENISE, *gaiement & vivement.*

Ah ! Je vous entends, ma chere bonne, vous serez contente de moi.

LA FÉE.

Ne vous flattez pas, Zénise, cette pré-

ſomption n'eſt pas d'une belle ame, en
me promettant de la modeſtie, vous en
manquez.

ZENISE, *modeſtement.*

Il eſt vrai, Madame, j'ai fait une faute : mais auſſi ſi vous vouliez me dire…
renez, je vous promets de bien garder le
ſecret.

LA FÉE, *ſouriant.*

Vous êtes donc diſcrette?

ZENISE.

Oui, Madame, ne ſuis-je pas en âge
de l'être, j'aurai bientôt quatorze ans.

LA FÉE, *riant.*

Il eſt vrai, mais malgré cet âge mûr
dont vous vous vantez, je ſuis ſûre que
Philette vous amuſe mieux que moi : &
la voici juſtement : ainſi je vous laiſſe. Je
vais ſavoir lequel de mes jeunes hommes
à remporté le prix de la courſe.

SCENE II.

ZENIS, PHILETTE.

PHILETTE.

EH bien ! favez-vous quelque chofe ?

ZENISE.

Non, rien du tout.

PHILETTE.

Quoi, vous n'avez rien pû tirer de cette vieille grondeufe ?

ZENISE, *d'un air faché.*

Je vous l'ai dit plus de cent fois, Philette, je n'aime point que vous donniez de vilains noms à Bienfaifante. Nous lui avons obligation ; elle nous aime, elle nous inftruit ; pourquoi mal parler d'elle ?

PHILETTE.

Bon, bon ! je ne fuis pas fi fcrupuleufe, & quand je penfe à Mirflot , je hais la Fée de tout mon cœur.

ZENISE.

Pourquoi donc ?

PHILETTE.

Parce que je crains qu'elle n'en faffe
qu'un Païfan. Si cela arrivoit, je crois que
je l'étranglerois.

ZENISE.

Mais vous ne favez pas fi vous ferez la
Princeffe, ainfi ....

PHILETTE.

Oh ! que fi je le fais. Premierement,
j'ai un penchant à dominer qui ne m'en
laiffe pas douter . & tenez, fans aller plus
loin, je vous maitrife déjà tant que je veux.

ZENISE.

Il eft vrai ; mais c'eft que Bienfaifante
m'a recommandé la douceur , & que je
n'aime point à difputer.

PHILETTE-

Ne voyez vous pas auffi comme j'ai
l'ame élevée ; je méprife tout le monde ,
& je me moque toute la journée de mes
compagnes. Ah ! comme je me réjouis de
les humilier , quand une fois je ferai Reine !
que j'aurai de plaifir à les voir ramper de-
vant moi , & vous toute la premiere au
moins.

ZENISE.

Eh bien ! voyez, Philette, je penfe tout

autrement, je crois que je renoncerois à
être Reine, s'il falloit méprifer quelqu'un.

PHILETTE.

Cependant vous ne méprifez pas mal
Mirflot.

ZENISE.

Moi ! non je ne l'aime point , voilà
tout.

PHILETTE.

Pour ce qui eft de ne point l'aimer ,
vous faites fort bien : je l'aime affez pour
nous deux. Mais vous pourriez lui marquer moins de dédain quand il vous fait
fa cour. Car enfin le pauvre Prince ne fe
connoiffant pas, il ne fait quelquefois où
porter fes vœux, il vous les addreffe ,
mais je n'en fuis pas en peine, il me re-
viendra toujours.

ZENISE.

Je le crois : mais je doute que ce foit
avec le manteau Royal.

PHILETTE.

Eh bien ! je vous y prend ! qu'eft-ce
que ce ton là, fi ce n'eft celui du mépris ?

ZENISE.

Il eft vrai, ma chere Philette, j'ai tort,

je vous en demande pardon. Mais aussi
pourquoi dites-vous que Ziman ne sera
pas Roi ?

PHILETTE.

Moi ! je ne le dis pas.

ZENISE.

Pardonnez-moi, vous le dites, puisque
vous soutenez que Mirflot est le Prince.

PHILETTE.

Qu'est-ce que cela vous fait ?

ZENISE.

Eh ! mais . . .

PHILETTE.

Ah ! oui, oui, vous l'aimez, je n'y
songeois plus.

ZENISE.

Paix donc ; voici déjà la Fée. Ne lui
dites pas au moins . . .

SCENE III.

LA FÉE suivie de ZIMAN, de MIR-FLOT, d'une troupe de Danseurs & de Danseuses, PHILETTE, ZENISE.

LA FÉE.

ALLONS mes enfans, divertissez vous. Rendez hommage au vainqueur de la course. Que vos danses légères soient les préludes de son couronnement.

ZENISE.

Quel est-il, Madame, le vainqueur ?

LA FÉE.

Vous le saurez, ne retardez pas le divertissement.

ON DANSE.

(Le Ballet fini, la Fée prend Zénise par la main & l'amène au bord du Théâtre.)

LA FÉE.

Approchez Mirflot, que Zénise vous couronne.

ZENISE, *surprise, en se reculant.*

Moi ! Madame !

LA FÉE.

Sans doute. Philette a donné le prix au vainqueur du lion, c'est à vous à récompenfer le vainqueur de la courfe, prenez cette Couronne.

(La Fée lui donne une Couronne de fleurs.)

ZENISE, *d'un air embarraffé.*

Quoi, Madame ! c'eft Mirflot ...

MIRFLOT.

Eh pardi ! fans doute que c'eft moi : voilà qui eft bien étonnant ; allons, couronnez moi, Mademoifelle Zenife.

ZENISE, *à la Fée d'un ton plus trifte.*

Madame ...

LA FÉE, *fouriant malignement.*

Eh bien ! Madame, que me voulez vous ?

MIRFLOT, *la tirant par la manche.*

Finiffez donc, Mademoifelle, vous vous faites bien prier.

ZENISE, *impatiente.*

Attendez.

MIRFLOT.

Quand vous attendriez mille ans, il faudra toujours y venir. C'eft moi qui fuis

le vainqueur de Ziman , cela eſt certain.

PHILETTE.

Voilà bien des façons. Mais vous avez
beaû grimacer , puiſqu'il a gagné le prix ,
il faut bien le lui donner.

LA FÉE, *d'un ton ſévère.*

Vous devez vous taire Philette , ceci
ne vous regarde pas. Eh bien Zeniſe, vos
délais finiront-ils bien-tôt ?

ZIMAN, *aux genoux de Zéniſe.*

Rendez juſtice au mérite Zeniſe. Je
donnerois ma vie pour recevoir cette
Couronne de vos belles mains. Je ſubis
avec douleur la peine de ma défaite , mais
je reconnois Mirflot pour mon vainqueur.
Je ne lui envie que le bonheur d'être
couronné par vous.

ZENISE, *d'un ton attendri pour Ziman.*

Madame , vous entendez...

LA FÉE

Oui , j'entends que Ziman eſt équita-
ble , & je vois que vous ne l'êtes pas ;
Zéniſe je lis trop dans votre cœur.

ZÉNISE, *avec un empreſſement*
mêlé de crainte.

Venez, Mirflot, que je vous couronne.

MIRFLOT.

Je le ſavois bien qu'il faudroit y venir.
Allons arrangez bien cette couronne,
afin qu'elle me rende encore plus beau
que je ne le ſuis. Eh bien Ziman, vous le
voyez ; ſi vous ſavez tuer les lions, je ſais
bien courir moi. Allez, allez, vous n'entendez rien à être Prince.

ZIMAN.

Mirflot, je prend part à votre gloire ;
mon malheur ne me fait point oublier que
vous êtes mon ami, mais je vais cacher
ma honte & ma confuſion.

(Il ſort.)

SCENE IV.

(Pendant cette Scene , Mirflot & Phi-lette s'amusent au fond du Théâtre à regarder sortir Ziman & font des signes de raillerie.)

LA FÉE, ZENISE.

LA FÉE, *souriant.*

Vous voilà bien fachée Zénise ?

ZENISE, *d'un ton chagrin.*

Est-ce mal faire que de compatir aux malheureux ?

LA FÉE.

Non , mais avouez que vous êtes un peu trop partiale.

ZENISE, *d'un ton fâché.*

En vérité, Madame, il me semble que vous l'êtes encore plus que moi.

LA FÉE, *souriant.*

Comment donc ! vous me querellez , je crois ?

ZENISE.

Non , Madame , mais vous nous avez

dit cent fois que les vertus de l'ame étoient fort au-deſſus des avantages du corps. Vous voyez Ziman juſte, noble, généreux & vous me faites couronner Mirflot qui a mieux couru. Là, dites-moi, cela eſt-il juſte ?

LA FÉE.

Plus que vous ne penſez : vous en conviendrez dans peu. Allons venez prendre votre leçon de Muſique.

ZENISE, *à part levant les yeux au ciel & en ſoupirant.*

Moi chanter ! ah Ziman que je vous plains.   (*elles ſortent.*)

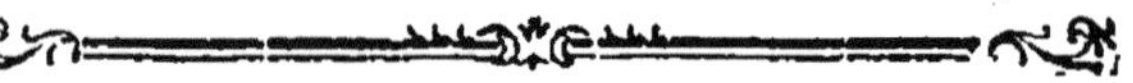

SCENE V.

MIRFLOT, PHILETTE.

MIRFLOT.

LEs voilà parties. Ah ça, Mademoiſelle Philette, avouez que je ſuis bien beau. Allons admirez-moi un peu.

PHILETTE.

Vraiment je ne vous admire que trop,

& je ne fais fi une fille de mon rang doit vous trouver fi aimable ; nous ne difpofons pas de notre main , dit-on , c'eft aux Rois nos peres à nous pourvoir.

MIRFLOT.

Eh ! là,là,ne faites pas tant la rencherie; peut-être ce fera moi qui ne voudrai point de vous.

PHILETTE.

Doucement , Monfieur Mirflot , favez vous bien que les Princes ne font pas fi glorieux ? Écoutez ce que la Fée nous dit tous les jours.

MIRFLOT.

La Fée dira ce qu'elle voudra , mais encore faut-il foutenir fa grandeur. Pour moi mon parti eft pris ; s'il fe trouve par hazard que vous foyez la fille de cette Reine qui eft morte il y a fi long-tems, je vous épouferai de grand cœur, car aufli bien je vous aime mieux que cette petite grimaciere. Mais fi vous n'êtes qu'une Païfanne , ma foi ferviteur : je n'irai pas quitter un Royaume pour vos beaux yeux.

PHILETTE.

Que vous parlez groffierement , Monfieur Mirflot l j'ai bien peur...

MIRFLOT.

Ne craignez rien. Il y a des Rois de toutes façons, Mademoiſelle Philette:moi j'en ferai un de ceux qui font peur aux gens;on dit qu'ils font mieux ſervis que les autres , parce qu'on les craint.

PHILETTE.

Oui , mais on ne les aime gueres.

MIRFLOT.

Eh! que m'importe ? pourvû que je me divertiſſe , que je faſſe bonne chere, & que j'aie bien de l'argent. Tenez Mademoiſelle , voici la vie que je ménerai. Je dormirai tant qu'il me plaira , je mangerai tant que je voudrai , je me promenerai comme çà , (*il ſe promene ridiculement*) mes Courtiſans me ſuivront , je commencerai par congédier tous ces Maîtres de danſe, de Muſique, & de toutes autres ſciences qui m'ennuient ; en un mot je prétends ne rien faire du tout , & ſi quelqu'un me raiſonne , je lui ferai couper la tête.

PHILETTE.

J'aimerois beaucoup cette vie là moi, & je promets bien que quand je ſerai Reine, je ne ferai rien , mais rien du tout.

Je voudrois qu'on me donnât à boire &
à manger, qu'on me portât, & qu'on me
promenât comme si je n'avois ni bras ni
jambes. On n'a des gens que pour s'en
servir ; enfin on n'eſt Maitreſſe que pour
être obéie ; s'il falloit vivre comme les
autres , autant vaudroit - il n'être pas
Reine.

MIRFLOT.

Ma foi vous me plaiſez de cette humeur
là , Mademoiſelle Philette, & je crois
que nous ferions bon ménage. J'y voudrois encore une petite condition , ce ſeroit de nous quereller un peu par-ci, par-
là, cela fait paſſer le tems, & quand on
eſt Maitre, il faut faire ſes volontés ou ne
pas s'en mêler.

PHILETTE.

Comme vous parlez , Monſieur Mirflot ! eſt-ce que les Rois & les Reines ſe
querellent ! fi , cela ſent bien le Païſan.

MIRFLOT.

Cela ſentira ce que vous voudrez ;
chacun s'amuſe à ſon goût. Par exemple,
pouſſer l'un , battre l'autre , n'eſt ce pas
un plaiſir ? oh ! que j'en donnerai à ce
beau Ziman ! j'en veux faire mon valet

de chambre, afin de le bien battre quand la fantaifie m'en prendra.

PHILETTE, *en branlant la tête.*

Monfieur Mirflot, Monfieur Mirflot, vous pourrez bien être battu vous même, je n'ai jamais entendu parler d'un pareil Roi.

SCENE VI.

ZÉNISE, MIRFLOT, PHILETTE.

ZENISE.

N'Avez-vous pas vû Ziman, je ne puis le trouver ?

MIRFLOT.

Si vous me cherchiez moi, Mademoi-felle Zénife, vous me trouveriez, comme vous voyez. Y a-t-il quelque chofe à faire pour votre fervice ? Je fuis poli & galant, vous n'avez qu'à dire ?

ZENISE.

Je vous fuis obligée, je voudrois par-ler à Ziman.

PHILETTE.

Tenez le voici qui se traîne plus qu'il
ne marche ; allons Mirflot laissons les s'at-
trister ensemble.

MIRFLOT.

Mais... si... cependant...

PHILETTE.

Allons, allons, ne voyez-vous pas que
leur chagrin est de bon augure pour nous ?
Je les plains, mais qu'y faire ? Allons
nous en.

SCENE VII.

ZIMAN, ZENISE.

ZENISE, *d'un ton doux & tendre.*

QUE vous êtes triste Ziman ! Parlez
moi donc ?

ZIMAN.

Hélas , Zénise, j'ai tant de honte d'a-
voir été vaincu, qu'à peine j'ose vous regarder, je vous fuyois.

ZENISE.

Et moi je vous cherche par-tout.

ZIMAN.

Vous me cherchiez charmante Zénise !
un tel bonheur me fait oublier tous mes
maux.

ZENISE.

Écoutez Ziman, ne tirez point trop
d'avantage de ce que je vous dis, au moins.
Je vous cherche parce que vous avez du
chagrin. Si vous étiez heureux, peut-être
je ne songerois pas à vous.

ZIMAN.

Ah ! Zenise que je sois donc toujours
malheureux ! puisque je ne puis vivre
sans être aimé de vous.

ZENISE, (*d'un air tendrement fâ-
ché.*)

Eh bien ! allez vous encore vous cha-
griner ? Pourquoi craindre de perdre
mon amitié ? Vous l'aurez sûrement toujours. Bienfaisante ne nous a-t elle pas
ordonné de bien vivre ensemble, & de
nous aimer tous quatre ?

ZIMAN.

Quoi Zenise ! vous aimez Philette &
Mirflot autant que moi ?

ZENISE, (*d'un ton embarrassé.*)

Il le faut bien.

ZIMAN.

Zenife vous me défefpérez, que mon cœur eft différent du vôtre, & qu'il obéït mal aux ordres de la Fée! on dit que Philette eft jolie, en vérité je ne pourrois pas l'affurer, je ne regarde pas fon vifage. Pour Mirflot je n'ai point de plaifir à l'aimer, & même quand il vous parle & que vous lui répondez, je fens une fi grande averfion pour lui, que je croirois le haïr, fi la haine ne me faifoit horreur.

ZENISE.

Et cependant vous m'avez obligée de le couronner. Ah Ziman! je l'avois bien dit à la Fée, que votre générofité méritoit le prix.

ZIMAN.

Vous ne me traiteriez pas avec tant d'indulgence, ma chere Zenife, fi vous faviez ce qui fe paffoit alors dans mon cœur. Si j'en euffe fuivi les mouvemens, j'aurois arraché cette Couronne de vos mains, je l'aurois brifée en mille morceaux, & voyez mon injuftice, Mirflot la méritoit.

ZENISE.

Le beau mérite que celui de courir plus
vîte

vîte qu'un autre! il ne faut que de la force: n'eſt-il pas plus naturel qu'un Païſan en ait plus qu'un Prince ?

ZIMAN.

Vous me flattez envain Zeniſe. Je trem-ble que le moment qui décidera de notre fort ne ſoit celui de ma perte. Vous êtes Princeſſe, je n'en puis douter : mais hélas! que ſuis-je moi ?

ZENISE.

Ne craignez rien Ziman : ce n'eſt que la modeſtie qui vous fait douter de votre naiſſance. Bienfaiſante ne nous dit-elle pas ſans ceſſe que ce ſont les vertus qui la feront connoître ? Mirflot en a-t-il ?

ZIMAN.

Oui, je le crois, ſon ton eſt un peu groſſier, j'en conviens ; mais il a de la valeur.

ZENISE.

Bon ! La Fée m'a dit que tout le mon-de pouvoit en avoir.

ZIMAN.

Sans doute, mais Mirflot a beaucoup d'autres bonnes qualités, il eſt gai, franc, ſincere, & ſon humeur eſt toujours égale.

B

ZENISE.

Voilà de belles vertus ! & moi je vous dis que cela ne vient que de la groffiereté de fon âme. Il n'a ni fenfibilité, ni délicateffe. Comment voudriez-vous qu'il eût de l'humeur ? Ziman, croyez-moi, où la Fée nous trompe fur l'idée qu'elle nous donne de la vertu, où Mirflot n'en a que de bien communes.

ZIMAN.

Je le loue à regret, ma chere Zenife, je le confeffe : mais je lui trouve peu de défauts.

ZENISE.

Pour moi je lui en trouve beaucoup. Ne voyez-vous pas comme il eft glorieux? Il fe vante lui même & méprife les autres. Vous lui cédez tous les avantages, vous vous défiez de vous-même : quelle différence ! Tenez Ziman, je fuis moins modafte que vous, je connois les défauts de Philette, & pourvû que vous foyez le Prince, je...

ZIMAN.

Achevez, charmante Zenife ; dites

moi que vous voudriez régner avec le trop heureux Ziman.

ZENISE.

Oh ! non, je ne le dirai pas. C'eſt pour vous tout ſeul que je déſire votre bon‑heur.

ZIMAN.

Ah ! Zeniſe ! je ne puis en avoir ſans vous , & l'eſpérance de vous poſſéder eſt le ſeul motif de mon ambition.

ZENISE.

Quoi ! vous n'aimez point à être Roi ? Cela m'étonne. Je croyois que les ames élevées...

ZIMAN.

Je vous entends Zeniſe ; raſſurez-vous. Je déſire foiblement la Royauté. Ce n'eſt pas que je manque des ſentimens qui doi‑vent l'accompagner : mais la crainte de n'en pas remplir tous les devoirs me conſolero t de la perte du Trône, ſi je ne vous perdois avec lui.

ZENISE.

Eſt-il donc ſi difficile d'être un grand Roi ?

ZIMAN.

Oui Zenife, il eſt même preſque im-
poſſible dans cette place, de concilier
toutes les vertus. La Fée ne me l'a que
trop fait connoître. La clémence eſt
ſouvent obligée de céder à la juſtice;
la noble ſincérité à l'artificieuſe diſſi-
mulation, & quelquefois la généroſité
ſe trouve forcée de céder à la vengeance. Mais quand un Roi n'auroit que la
douleur de ne pouvoir rendre tout le
monde heureux, ne ſuffiroit-elle pas pour
lui dérober une partie des charmes de
la puiſſance ſouveraine ?

SCENE VIII.

MIRFLOT, BLAISE, ZENISE, ZIMAN.

MIRFLOT, *à Blaise qui court après lui.*

Tenez, tenez, le voilà votre fils, je suis un Prince, moi.

ZIMAN.

Qu'avez - vous, Mirflot ? vous voilà bien agité.

MIRFLOT.

C'est ce vieux radoteur qui me fait enrager : il me poursuit en disant que je suis son fils & qu'il vient me chercher pour m'emmener dans son village. Voyez un peu quelle extravagance !

ZIMAN, *au vieillard.*

Quelle raison avez-vous, mon bon homme pour vouloir emmener Mirflot ?

BLAISE.

Eh pardi ! la raison qu'il y a assez longtems qu'il fait le Monsieur, & que j'ai besoin de son aide dans mon travail.

ZIMAN.

Mais êtes-vous bien sûr qu'il est votre fils ?

BLAISE.

Tenez, mon petit Seigneur, je m'appelle Blaise, & lui Pierrot, v'la qui est net.

MIRFLOT.

Eh bien ! Mons Blaise, puisque Blaise y a, vous ne savez ce que vous dites, je ne m'appelle point Pierrot. Mais voyez le beau nom pour un Prince.

BLAISE.

Va, va, tu n'es pas un Prince, je l'ai bien vû dès que je t'ai envisagé, encore que je ne te connoisse pas, mais un certain je ne sais quoi me dit...

ZENISE, *effrayée.*

Vous ne le connoissez pas, Monsieur ?

BLAISE.

Monsieur, voyez qu'elle est honnête, cette petite Demoiselle ; jarni qu'elle est jolie ! sera-ce ta femme, Pierrot ? réponds donc, tu fais la sourde oreille.

MIRFLOT.

Encore un coup, je ne suis point Pierrot, entendez-vous? je m'appelle le Prince Mirflot afin que vous le fachiez.

BLAISE, *riant.*

Ah, ah, ah, le Prince Mirflot ! qu'eu drôle de nom? y fe moque de toi, mon enfant.

ZIMAN.

Si vous ne le croyez pas maître Blaife, vous avez tort de le traiter ainfi.

MIRFLOT.

Ziman a raifon, vous êtes un mal appris.

ZENISE, *inquiette.*

Expliquez-nous mieux, je vous prie, comment il fe peut faire qu'il foit votre fils, & que vous ne le connoffiez pas.

BLAISE.

Eh pardi ! la chofe eft bien facile. tenez, Mademoifelle, notre minagere n'eut pas plutôt mis au monde ce garnement, que ne v'la-t-il pas Madame la Fée qui s'apparoit à nous, & qui vous emporte le petit enfant fans dire gare. Stapendant il faut dire la chofe ; elle nous baillit une bonne fomme, & nous fit promeffe qu'elle nous le rendroit au bout de quinze ans bien conditionné, & que par-deſſus le marché elle lui bailleroit une belle femme. Or il y eût hier tout droit quinze ans que la choſe fut faite , & je m'en ſuis venu aujourd'hui tout bonnement pour r'avoir Pierrot.

ZENISE, *encore plus inquiette.*

Quoi, Monſieur Blaiſe ! vous ne ſavez pas mieux que cela qu'il eſt votre fils?

BLAISE.

Voirement non, Mademoiſelle, mais en faut-il davantage ?

MIRFLOT.

Ne vous ai-je pas dit qu'il ne ſavoit ce qu'il diſoit ?

ZENISE, *à part.*

Je tremble.

MIRFLOT.

Allez, allez, Mons Blaiſe , retournez vous-en chez vous , & emmenez ce petit Seigneur, car c'eſt lui qui eſt votre fils.

BLAISE.

Qu'eu conte que tu me fais là ! il n'en a morgué pas la mine.

ZIMAN.

Ne vous prévenez pas maître Blaiſe ; nous avons été élevés enſemble, Mirflot, moi: nous ignorons tous deux notre

naiſſance; mais ſûrement l'un ou l'autre
eſt votre fils.

B L A I S E.

Eh bien, morgué, puiſque je n'ai qu'à
choiſir, venez ça vous, je vous prends,
car palſangué vous valez mieux que l'y.

Z I M A N.

Je ſuis prêt à vous ſuivre, ſi la Fée me
remet en vos mains.

Z E N I S E, *vivement.*

Que dites-vous, Ziman? ce n'eſt point
là votre pere.

Z I M A N.

Rien n'eſt encore décidé, Belle Zeniſe; peut-être ſuis-je ſon fils.

B L A I S E.

V'la un brave garçon, celui-là! il ne
renie pas ſa parenté. Tu veux donc bien
être mon fils?

Z I M A N.

Si le deſtin m'a fait naître de vous, je
remercierai le ciel de m'avoir donné pour
pere un honnête homme.

B L A I S E.

Tiens Pierrot... veux-je dire Monſieur
Mirflot, tu entends bien ce qu'il dit; j'aimerois mieux un fils comme l'y qu'un

cent de vauriens comme toi. V'la qu'eſt
fini, j'avois la barlue : ce n'eſt pas toi qui
eſt l'enfant de notre femme, j'emmene
celui-ci.

ZENISE.

Ah ciel! courons vîte avertir la Fée.

SCENE IX.

LA FÉE, ZENISE, ZIMAN, BLAISE, MIRFLOT.

LA FÉE.

OU courez-vous, Zeniſe ?

ZENISE, *vivement.*

Ah! Madame, j'allois vous chercher;
empêchez ce vieillard...

BLAISE.

Votre ſerviteur, Madame la Fée. Je
vous reconnois bien au moins. Je viens,
ſauf votre reſpect, vous redemander le
fils que vous m'avez dérobé de bon gré
s'entend. Or maintenant en v'la deux.
Tout d'abord j'avois donné mon amiquié
à celui-là, mais il m'eſt avis que je me

trompois ; à ſtheure je prens ce ti-ci avec
votre permiſſion.

LA FÉE.

Il eſt vrai , maître Blaiſe, que l'un de
ces deux enfans eſt à vous. Mais c'eſt à
ſes ſentimens qu'il doit ſe faire connoître ;
je ne puis le nommer qu'après qu'il aura
parlé.

BLAISE, *prenant Ziman par la main.*

Morgué nous v'la bien, ce ti - ci nous
reſtera.

ZENISE, *fort inquiette.*

Mais point du tout , Madame...

BLAISE.

Excuſez , Mademoiſelle, quoique je
ne ſoyons qu'un payſan , je nous connoiſſons en bon cœur. Tenez Madame la Fée,
celui-là m'a renié pour ſon pere; ce tui-ci
ne demande pas mieux que d'être notre
fils. Pardi rien n'eſt plus clair.

LA FÉE.

Cela eſt-il vrai ?

ZENISE, *très-vivement.*

Oui, Madame, mais ne voyez-vous pas...

LA FÉE.

Ce n'eſt point vous que je conſulte ;
Zeniſe. Parlez Ziman.   B vj

ZIMAN.

Il est vrai, Madame, que j'estime ce vieillard, & que s'il est mon pere, je suis prêt à le suivre.

BLAISE.

Vous l'entendez, je ne lui fais pas dire.

ZENISE, *désolée.*

Madame, au nom des Dieux ne décidez point encore.

LA FÉE, *d part.*

Elle me fait pitié. (*à Blaise.*) Vous serez content maître Blaise, je vous rendrai aujourd'hui votre fils : mais trouvez bon qu'il soit témoin du triomphe de son ami, & qu'il se réjouisse à la fête que je prépare pour les noces du Prince.

BLAISE.

Très-volontiers, j'y danserons itou.

ZENISE.

O ciel ! secourez-moi.

SCENE X.

PHILETTE, LA FÉE, ZENISE, ZIMAN, MIRFLOT, BLAISE.

PHILETTE.

MAdame, venez vîte : il y a là une grande troupe d'Ambaſſadeurs qui viennent nous chercher, Mirflot & moi, pour nous conduire dans notre Royaume où ils diſent que l'on nous demande.

LA FÉE, *ſouriant.*

Ils vous ont donc reconnue ?

PHILETTE.

Ah ! tout de ſuite. Si vous ſaviez les honnêtetés qu'ils m'ont faite dès que je leur ai dit que j'étois la Princeſſe, vous en ſeriez charmée.

MIRFLOT.

Adieu, Madame, & toute la compagnie. Serviteur Mons Blaiſe, une autrefois mettez mieux vos lunettes.

BLAISE.

Voyez ce butord qui s'en va fans dire feulement grand merci à cette bonne Dame. Excufez Madame la Fée, fi je parle de la maniere : mais morgué c'eft que je hais les ingratitudes.

MIRFLOT.

Ah ! je l'avois oublié. Je vous remercie, Madame. Mais à propos il me faut une femme, laquelle des deux prendrai-je?

LA FÉE.

Je vois qu'il eft tems de déclarer leur fort. Zenife*, c'eft vous que j'enlevai au trône du Boriftan. Je fuis contente de vos fentimens, ils font dignes de votre naiffance.

ZENISE, *pleurant & fe jettant dans les bras de la Fée.*

Ah ! Madame, je ne veux point vous quitter, fouffrez que je paffe ma vie auprès de vous, elle ne fera pas affez longue pour vous marquer toute ma reconnoiffance.

LA FÉE, *malignement.*

Ce fentiment eft louable, ma chere Zenife, mais je crains fort qu'il ne dure pas long-tems, vous me quitterez peut-être fans regret.

ZENISE.

Oh non! Madame, je ne veux vivre
qu'avec vous, je vous le jure.

LA FÉE,

Quoi, vous ne voudriez pas recevoir
un époux de ma main?

ZENISE.

Non, Madame, je vous conjure à genoux de ne m'en propoſer aucun.

LA FÉE.

Encore un coup Zeniſe, je prévois que
vous changerez de ſentimens. Que l'on
faſſe entrer les Ambaſſadeurs.

SCENE DERNIERE.

Tous les Acteurs, L'AMBASSA-
DEUR & *sa suite.*

L'AMBASSADEUR.

NOus venons à vos ordres, Madame;
recevoir à genoux le maître que vous
nous deſtinés. Elevé par vos ſoins, que
ne devons nous pas attendre de ſon regne!

LA FÉE.

Vous devez plus à ſon heureux naturel qu'aux ſoins de ſon éducation. Je vais
vous donner un grand Roi, heureux les
peuples qui vivront ſous ſon obéïſſance.

MIRFLOT.

Entendez-vous, Meſſieurs, je ſuis un
Prince accompli.

LA FÉE, *à Ziman qui veut ſortir.*

Où allez-vous Ziman, auriez-vous la
foibleſſe de ne pouvoir ſupporter la gloire d'un rival ?

ZIMAN.

Non Madame, je ne defirerois un trone que pour y placer Zenife : le deftin couronne fon mérite. Je n'ai des vœux à faire que pour obtenir de vous un afyle paifible pour ce bon vieillard. Que vos bontés, Madame, le récompenfent des travaux d'une vie laborieufe. Qu'il finiffe fes jours dans un doux repos ! pour moi j'irai chercher dans les hazards de la guerre ou la fin d'une vie infortunée, ou l'avantage que pourront me procurer les fentimens nobles que vous m'avez infpirés.

ZENISE, *à la Fée en pleurant.*

Voyez, Madame, s'il n'eft pas toujours le même.

PHILETTE.

Fort bien, mais s'il s'en va je n'aurai donc pas de mari moi ?

LA FÉE.

Vous en aurez, Philette. Mes enfans vos fentimens dévoilent enfin vos deftinées. Vous, Mirflot, la préfomption vous aveugle, & vous Ziman, votre modeſtie & votre généroſité mériteroient une couronne ſi la nature vous l'avoit re-fuſée. (*aux Ambaſſadeurs en préſentant Ziman & Zeniſe.*) Meſſieurs, voilà votre Roi & votre Reine.

ZENISE, *embraſſe la Fée.*

O Ciel ! ah ma chere bonne !

ZIMAN.

Madame, cette couronne eſt à vous : daignez regner ſur mes peuples, ce ſera faire leur bonheur. Content de poſſéder la belle Zeniſe, nous mettrons notre gloire à vous obéir, & à payer vos bienfaits par nos reſpects & notre re-connoiſſance.

LA FÉE.

Non, mes enfans, vos peuples vous attendent, allez les rendre heureux, mes ſoins ſeront récompenſés.

ZIMAN.

Oſerois-je, Madame, implorer vos bontés pour Mirflot. La douceur de ſon éducation lui rendroit ſon état encore plus pénible. Faut-il qu'il ſoit puni pour m'avoir ſervi d'exemple ?

LA FÉE.

Je vous laiſſe le maître de ſon ſort.

ZIMAN.

Ah, Madame, ce bienfait ſurpaſſe tous les autres. Je pourrai faire un heureux, eſt-il un bonheur plus doux ? Mon cher Mirflot, je vous demande votre amitié, comptez ſur la mienne : ſuivez-nous Uni à Philette vous éprouverez l'un & l'autre la ſincérité de nos ſentimens. Je compte auſſi que maître Blaiſe voudra bien nous accompagner.

BLAISE.

Morgué de tout mon cœur. V'la un brave Roi, il ne ſe méconnoit pas.

MIRFLOT.

Pour moi je veux être Marquis tout au moins, puiſque je ne ſuis pas Prince.

ZIMAN.

Je ferai pour vous, mon chere Mirflot, tout ce qui ſera en mon pouvoir.

MIRFLOT.

Entends-tu Philette ? Tu ſeras une grande Dame. Me veux-tu pour mari ?

PHILETTE.

Il le faut bien. Cependant cette Zenife me fera toujours un crêve-cœur.

ZENISE.

Non, ma chere Philette, je mettrai
tant d'égalité dans notre amitié, qu'elle
vous fera oublier ce qui nous diftingue.

LA FÉE.

Allons mes enfans, divertiffez-vous,
je veux faire les noces ici ; commencez la
fête par vos danfes, & vos chants.

FIN.

PHAZA,

COMÉDIE.

PERSONNAGES.

PHAZA, *Princesse élevée par la Fée Singuliere & qui se croit un homme.*

CLÉMENTINE, *Fée.*

ZAMIE, *Niece de Clémentine.*

AZOR, *Fils de Clémentine.*

Phaza doit avoir un habillement Pittoresque.

La Scene est dans le Jardin de la Fée Singuliere.

PHAZA
COMÉDIE.

SCENE PREMIERE.

CLÉMENTINE, ZAMIE.

CLÉMENTINE.

Rassurez-vous donc Zamie.

ZAMIE.

Quelle courſe, ma bonne! je ne puis m'en remettre. Je n'aime point à voir la terre ſi loin de moi, les yeux en tournent.

CLÉMENTINE.

Enfin nous ſommes arrivées ſans accident.

ZAMIE.

Et la peur, n'eſt-ce rien?

CLÉMENTINE.

Promenez-vous dans ces beaux jardins,
cela vous diffipera.

ZAMIE.

Je m'en garderai bien, fi j'allois rencontrer Singuliere.

CLÉMENTINE.

Vous lui feriez plus de peur qu'elle ne
vous en feroit. Transformée en Reptile,
elle rampe actuellement fur la terre, vous
favez que tous les cent ans nous fommes
obligées...

ZAMIE.

Ah! j'entends. Mais, ma bonne, pourquoi venir ici ?

CLÉMENTINE.

C'eft un petit fecret qui ne vous regarde pas.

ZAMIE.

Je n'y fuis point à mon aife, quoique
vous foyez Fée aufſi bien qu'elle. Vous
êtes fort bonne, elle eft fort méchante, fi
elle revenoit...

CLÉMENTINE.

Vous ne la verrez pas, je vous le promets. Ne penfez qu'à vous amufer de tout

ce

te qu'il y a de fingulier dans ces beaux lieux.

ZAMIE.

Vous voulez donc bien qu'Azor vien-ne avec moi.

CLÉMENTINE.

Mon fils ! il n'eſt point ici.

ZAMIE.

Pardonnez-moi, ma bonne. Dans le moment que votre char fondoit fur la terre, je l'ai vu traverſer cette allée.

CLÉMENTINE.

Je vous aſſûre, ma chere niece, que la peur vous a troublé la vue.

ZAMIE.

Eh bien ! je vais vous l'amener.

SCENE II.

CLÉMENTINE, AZOR.

(Il entre du côté opposé à celui par lequel Zamic est sorti)!

CLÉMENTINE.

QUOI ! c'est vous, mon fils! quel pouvoir magique a pu vous faciliter l'entrée de ces lieux ?

AZOR.

Le hazard: hier au soir je chaffois aux environs de ce parc, j'en vis une porte ouverte, j'entrai, je le parcourus fans rencontrer perfonne; mais quand j'en voulus fortir, je trouvai tout fermé, il a bien fallu y paffer la nuit. L'aurore paroiffant, j'ai craint d'être apperçu, je cherchois à m'échapper lorfque je vous rencontre. Vous êtes bonne, vous m'aimez ; vous ferez mon bonheur.

CLÉMENTINE.

Votre bonheur ! eh ! de quoi dépend-il?

AZOR.

J'adore une jeune Amazone...

CLÉMENTINE.

Vous ne m'aviez jamais parlé de cet amour-là.

AZOR.

On ne dit pas tout à sa mere. J'attendois le moment favorable, je crois l'avoir trouvé. Vous voilà chez Singuliére, vous êtes son amie, vous obtiendrez pour moi la main de la belle Phaza. Je suis au comble de mes vœux, vous riez...

CLÉMENTINE.

Oui, vous aimez Phaza, cela est très-plaisant.

AZOR.

Mais point du tout, Madame, car enfin...

CLÉMENTINE.

Oh! très-plaisant, vous dis-je, & vous rirez vous-même quand vous saurez que j'avois des vues sur Phaza pour en faire l'époux de Zamie.

AZOR.

L'époux de Zamie! en effet la méprise est plaisante. Je vois ce qui vous a trompée. Phaza passionné pour la chasse ne quitte jamais les habits dont les femmes font usage en pareil cas; & qui ne diffè-

rent gueres des nôtres. Mais fi vous aviez
fait attention à la délicateffe de fes traits,
à la douceur de fa voix, aux graces ré-
pandues fur fes moindres actions, vous
auriez penfé... Hélas! qui pourroit fe
méprendre?...

CLÉMENTINE.

Elle-même qui fe croit un homme.

AZOR.

Par quel enchantement!

CLÉMENTINE.

Il n'y a point d'enchantement. Son
erreur n'eft qu'un effet de la bifarrerie de
Singuliere, & de l'éducation qu'elle
donne à fes éleves.

AZOR.

Comment! quel motif peut l'engager...

CLÉMENTINE.

La réforme du genre humain. Elle
prétend que la fupériorité que les hommes
ont ufurpée fur les femmes feroit bientôt
détruite fi, dès l'enfance, au lieu d'infpirer aux jeunes filles la timidité, la douceur & la modeftie, on leur donnoit de
la valeur, de l'ambition, de l'indépen-
dance, & fur tout qu'on les rendit bien

inconſtantes, bien perfides en amour ; les choſes devenant égales, la ſociété en tireroit de grands avantages. C'eſt pour en faire la preuve qu'elle prend au berceau les filles qu'elle peut dérober à leurs parens, qu'elle les trompe ſur leur ſexe & les tient dans cette ſolitude qui l'aſſûre du ſecret.

AZOR.

Quel travers ! nous ſerions des barbares ſi les femmes penſoient comme nous. C'eſt à la douceur de leurs mœurs que nous devons la politeſſe des nôtres ; la délicateſſe de leurs ſentimens nous éclaire tous les jours ſur l'honneur & les bons procédés, & leurs vertus aimables nous donnent de l'émulation pour celles qui nous ſont propres. Il faut combattre vivement un projet pernicieux...

CLÉMENTINE.

Il ſe détruira de lui-même. L'art peut dans quelques momens ſurmonter la nature, & jamais l'anéantir. Vous avez vû les effets ridicules de cette éducation dans les éleves que Singuliere lâche de tems en tems dans le monde ſous le nom de petits-maîtres. Entre nous je crains que Phaza...

AZOR.

Ah, Madame, qu'ofez vous penfer.
Phaza n'a confervé aucun des défauts
qu'on a voulu lui donner. L'heureux naturel l'emporte ; fes fentimens font fi
nobles, fi généreux, fi finceres... Elle eft
adorable vous dis-je.

CLÉMENTINE.

Vous avez vû tout cela fur fa phifio-
nomie, car je ne crois pas que vous ayez
pû lui parler.

AZOR.

Pardonnez-moi, Madame ; Singuliere
fe prête quelquefois au goût de Phaza
pour la chaffe. Ce fut dans la forêt voi-
fine que je la rencontrai pour la premiere fois. Elle y revient fouvent pour moi.
Je n'en fors plus, trop heureux de l'attendre un fiecle pour lui parler un inftant.

CLÉMENTINE.

Vous lui parlez ! elle fait donc ce
qu'elle eft ? car un amoureux parle d'a-
mour.

AZOR.

Non, Madame, il a fallu me réfoudre
à me taire. Dès notre premiere entrevue
elle me marqua une averfion fi détermi-

née pour l'amour, que la crainte de l'offenser m'impofa filence fur celui que je reffentois déja. Je m'apperçus bientôt de fon affeſtation à paffer pour un homme ; je crus que ce n'étoit qu'une précaution contre les fentimens qu'elle craignoit de m'infpirer. J'y trouvai de la bizarrerie, mais je n'ofai rien oppofer à un caprice dont j'efperois avec le tems de la faire revenir.

CLÉMENTINE.

Il faut que vous l'aimiez beaucoup pour foutenir tant de contrainte.

AZOR.

Je l'adore, Madame, & dût-elle n'avoir jamais pour moi que l'amitié dont elle m'affûre... Ah! fi vous faviez avec quel fentiment elle en parle, quelle franchife dans fes expreffions ! le titre d'ami qu'elle me prodigue eſt un dédommagement fi tendre de l'amour, que fouvent il me le fait oublier.

CLÉMENTINE.

Tant mieux, s'il faut y renoncer, il vous en coutera moins.

AZOR.

Ah, Madame! pourquoi penfez-vous?..

CLÉMENTINE.

Parce que je fais des chofes que vous ignorez.

AZOR.

Mais enfin fur quoi jugez vous...

CLÉMENTINE.

Sur un arrêt du deftin. Vous favez s'ils font irrévocables.

AZOR.

Sans doute, mais il y a toujours quelques circonftances...

CLÉMENTINE.

Vous en allez juger. Jufqu'ici j'ignorois le fort de Phaza. Cette nuit au milieu de mon fommeil, je vois arriver Singuliere avec un air fort allarmé, elle me prie inftamment de venir aujourd'hui tenir fa place chez elle pendant une abfence indifpenfable...

AZOR.

Quoi, Madame, vous commandez ici! ah! je cours...

CLÉMENTINE.

Arrêtez. Encore un moment d'attention. Singuliere pour m'intéreffer à fon inquiétude, ne met point de bornes à fa

confiance, elle m'apprend fon ridicule
projet, & m'avoue que Phaza eft la plus
chérie de fes élèves & la feule qui lui ref-
te ; que défefperée de l'abandonner pour
un jour feulement, elle a confulté le deftin dont la réponfe la met au défefpoir
en lui apprenant que l'amour peut lui ravir l'objet de fes foins.

AZOR.

Eh bien, Madame ! puifque l'amour
peut arracher Phaza des mains de cette
infenfée, c'eft au mien qu'il eft réfervé...

CLÉMENTINE.

Ecoutez à quelle condition ; voici les
propres termes du deftin, ils font adref-
fés à Singulière.

» Avant quinze ans accomplis la mort
» de Phaza peut fuivre de près la con-
» noiffance de fon fort, à moins que fans
» connoître l'amour elle ne tombe aux
» pieds de fon vainqueur. A l'inftant tu
» perds fur elle ton pouvoir tyranique,
» elle recouvre fon Royaume & fa li-
» berté. »

Penfez-vous à préfent...

AZOR.

Oui, Madame, s'il ne faut qu'un amour

C v

excessif pour rompre ses chaînes, je cours
lui déclarer...

CLÉMENTINE.

Vous me faites frémir. Pesez donc ces
paroles.

» Avant quinze ans accomplis la mort
» de Phaza peut suivre de près la con-
» noissance de son sort.

Elle touche au terme fatal, mais il n'est
pas accompli; pouvez-vous lui déclarer
votre amour sans l'éclairer sur son sort?

AZOR.

'Ah, Madame! vous me désesperez.

CLÉMENTINE.

D'ailleurs, c'est en tombant aux pieds
d'un vainqueur qu'elle peut recouvrer sa
liberté. A quel titre voulez-vous qu'elle
fasse une action si peu en usage? savez-
vous seulement si elle a de l'amour pour
vous? le saurez-vous jamais? puisque
vous ne pouvez faire aucune démarche
pour vous en instruire sans exposer sa vie.

AZOR.

Eh Madame! n'exagerez pas mon malheur. Votre fils est mortel, vous le per-
drez s'il doit renoncer à son amour.

CLÉMENTINE.

Je fuis fenfible à votre peine. Vous êtes bien amoureux, j'ai paffablement d'ambition ; Phaza eft héritiere d'un grand Royaume, voyons, examinons comment on pourroit faire...

AZOR.

N'avez-vous pas dans votre art des ref-fources affûrées ?

CLÉMENTINE.

Mon art ne peut rien fur les cœurs, il faut tâcher par adreffe... Mais tomber aux pieds d'un vainqueur ! ... Cela eft dé-fefperant. Si elle vous aimoit, une paffion bien contrariée produit des effets ex-traordinaires... Il me vient une idée... Sait-elle qui vous êtes à

AZOR.

Elle fait feulement mon nom. Elle ne m'en a pas demandé davantage, & je n'ai pas même penfé à lui dire qui je fuis. Nos entretiens étoient fi courts !

CLÉMENTINE.

Son ignorance peut nous fervir. Je me

fais gré d'avoir amené Zamie... Je vais
par précaution faire avertir les fujets de
Phaza de fe préparer à la recevoir, &
fi je vois que les chofes s'arrangent felon
mes defirs, je tranfporterai ici les grands
de fon Royaume, afin que fi elle fait
l'action que le deftin exige, nous la re-
mettrions tout de fuite entre leurs mains.
Laiffez-moi rêver à tout cela. Allez, &
fur-tout prenez garde qu'un mot impru-
dent... Rappellez - vous fans ceffe que la
vie de Phaza dépend de votre difcrétion.

AZOR.

Je m'abandonne à vos bontés, je
cours la chercher.

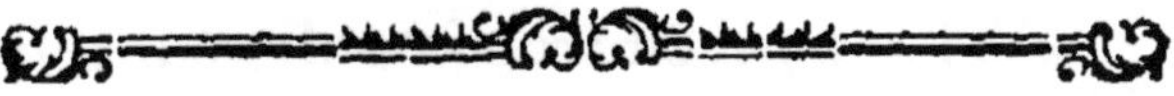

SCENE III.

CLÉMENTINE, *feule.*

Oui, j'entrevois qu'il eft poffible....
Je leur cauferai du chagrin, de l'humeur, mais ils m'en remercieront.

SCENE IV.

CLÉMENTINE, ZAMIE.

ZAMIE.

MA bonne, il y a dans ce jardin un jeune homme qui vous cherche, je crois, car il court, il va & vient comme un étourdi.

CLÉMENTINE.

Vous a-t-il parlé?

ZAMIE.

Oh! non, il eſt trop impoli pour cela. Nous nous ſommes rencontrés deux ou trois fois, il ne m'a pas ſeulement ſaluée.

CLÉMENTINE.

Il eſt un peu farouche, mais quand vous aurez fait connoiſſance....

ZAMIE.

Ce n'eſt pas la peine, je ne m'en ſoucie pas.

CLÉMENTINE.

Il faudra bien vous en ſoucier, Sa-

vez-vous que c'eſt lui que depuis longtems je vous deſtine pour époux.

ZAMIE.

En vérité , Madame, je vous ſuis bien
obligée ; maïs.....

CLÉMENTINE.

Ce Phaza doit poſſéder un grand empire & peut-être dès aujourd'hui. Sa main
n'eſt pas à dédaigner.

ZAMIE.

J'ai ſi peu d'ambition !

CLÉMENTINE.

Le voici ; quand vous l'examinerez
mieux , il vous déplaira moins.

S C E N E V.

CLEMENTINE, PHAZA; ZAMIE.

PHAZA.

SINGULIERE m'a dit en partant, Madame, qu'elle me laiſſoit ſous vos ordres, je viens les recevoir.

CLÉMENTINE.

Il vous en coutera peu pour les éxécuter, aimable Phaza , j'exige que vous faſſiez tout ce qui vous amuſera.

PHAZA.

Je n'abuſerai pas de votre bonté , je n'ai qu'une ſeule grace à vous demander.

CLÉMENTINE.

Elle eſt accordée , que voulez-vous ?

PHAZA.

Le plus beau jour ſe prépare. Permettez que je faſſe une chaſſe de quelques heures dans la forêt voiſine.

CLÉMENTINE.

J'y confens. Mais avouez que vous n'aimez la chaffe que par ennui, & que fi Singuliere vous avoit permis d'autres amufemens....

PHAZA.

Il eft vrai que la lecture m'avoit donné beaucoup de curiofité pour les amufemens du grand monde, je défirois de les partager. A préfent la chaffe ou la folitude me tiennent lieu de tout, & fans regret.

CLÉMENTINE.

Pourquoi, puifque je commande ici, ne vous donnerois-je pas une idée d'autres plaifirs ? Par exemple un bal ne vous amuferoit-il pas ?

PHAZA.

Je crois que non, Madame. Il n'y a que nous dans ce palais. Un bal de trois perfonnes feroit un trifte fpectacle, on y perdroit contenance.

CLÉMENTINE.

Auffi je compte vous faire venir des mafques de toutes les parties du monde.

PHAZA.

J'ignore quel plaifir l'on peut avoir avec des gens que l'on ne connoît pas.

CLÉMENTINE.

Celui de les connoître. Sous le masque
on est sincère par gaieté, & gai par eni-
vrement. Les cœurs se développent, les
secrets se révelent. Tel croit surprendre
un aveu qui découvre sa propre perfi-
die. Les amours naissants s'y croyent éter-
nels, & viennent y mourir le lendemain
de décrépitude. C'est-là que la foule &
le tumulte confondent les états, rappro-
chent les conditions, & rétablissent l'é-
galité parmi les hommes. Les tracasseries bourgeoises, les intrigues de Cour,
tout s'y traite sans forme, sans préten-
tions, vivement, le tems presse ; une
nuit de bal est le tableau racourci d'un
siecle de la société.

PHAZA.

Ah, Madame ! Si le bal est tel que
vous le peignez, il doit être charmant.
J'en conçois une idée qui m'enchante.
Vous pouvez y faire venir qui vous
voudrez ?

CLÉMENTINE.

Oui.

PHAZA.

Eh bien ! Madame, vous me comblerez
de joie si vous voulez ce soir.... Mais

pourquoi remettre... Sans doute il vous
eſt égal que dès à préſent.... Paſſer la
journée enſemble ſeroit un plaiſir déli-
cieux !

CLÉMENTINE.

Si j'entends bien votre empreſſement
& le déſordre de vos expreſſions, vous
déſirez que je faſſe venir quelqu'un qui
vous eſt cher, & je devine que l'amour....

PHAZA.

L'amour ! oh, non, Madame, on me
l'a trop bien fait connoître pour ne pas
éviter ſes piéges ; l'amour eſt un vice,
je l'ai en horreur. L'amitié eſt une vertu,
je m'y livre de toute mon ame.

CLÉMENTINE.

Vous avez donc des amis.

PHAZA.

Je n'en ai qu'un, mais il a tant de vertus, il eſt ſi parfait qu'il ne partagera
jamais avec perſonne les ſentimens que
j'ai pour lui. Nous nous ſommes jurés de
ne jamais laiſſer ſurprendre nos cœurs à
l'amour. Je tiendrai ma parole aſſuré-
rément, & je compte ſur la ſienne.

CLÉMENTIN E.

Dans cette ſolitude il vous eſt aiſé de

la tenir. Mais votre ami est-il auffi prifonnier de quelque fée ? Habite-t-il un monde dont les femmes foient exclues ?

PHAZA.

Je l'ignore, & comment ai-je pu l'ignorer ? Ah, Madame ! quel trouble vous jettez dans mon ame ! faites qu'il paroiffe , je brule de m'éclaircir.

CLÉMENTINE.

Les éclairciffemens font toujours une dupe. Mais fans y penfer, je vous ai procuré la plus belle occafion de vous affurer de la fincerité de votre ami. Pendant le bal , Zamie bien déguifée peut lui faire des agaceries qui vous feront connoître s'il eft auffi rébelle à l'amour que vous le penfez.

PHAZA.

Eh ! non , Madame ; au contraire défendez à votre niece de lui parler. C'eft moi qui prenant des habits de femme , faurai bien fous ce déguifement tirer la vérité de fon cœur.

CLÉMEMTINE.

J'approuve votre deffein. J'avois tort d'expofer Zamie. Vous avez fenti mieux que moi que ces plaifanteries fortent tou-

jours un peu de l'exacte décence, & que
fur le point d'être unis, il faut que votre
époufe....

PHAZA.

Mon époufe ! vous m'honorez beaucoup, Madame ; mais vous favez quelles
idées Singuliere m'a donné de l'himen,
& vous me permettrez de croire qu'elle
ne penfe point à me marier.

CLÉMENTINE.

Il eût été difficile qu'elle réfiftât à mes
inftances. J'aime ma niece, & depuis
longtems j'ai jetté les yeux fur vous pour
faire fon bonheur.

PHAZA.

Madame:... Je vous affure que perfonne n'en eft moins digne que moi.

ZAMIE.

Je crois qu'il a raifon, ma bonne, &
fi vous vouliez m'écouter...

CLÉMENTINE.

A votre âge, mes enfans, fait-on où
eft le bonheur ? J'efpere ne point fortir
d'ici que je n'aye fait le vôtre, & que
dès aujourd'hui ..

PHAZA.

Aujourd'hui ! Mais , Madame , il faudroit au moins avoir du tems....

CLÉMENTINE.

Pour se connoître , n'est-il pas vrai ? Eh bien ! je vais tout préparer pour l'exécution de mes desseins. Je vous laisse ensemble ; vous aurez bientôt fait connoissance.

PHAZA.

Eh ! non , Madame , il n'en est pas question...

ZAMIE,

Ma bonne ; permettez que je vous suive.

CLÉMENTINE.

- Demeurez ; vos cœurs se développent au gré de mes desirs bien plus que vous ne pensez , & j'espere qu'avant la fin du jour tout le monde sera content.

PHAZA.

Mais , Madame , je n'ai point achevé de vous dire...

CLÉMENTINE.

Je sais tout , & tout ira bien,

PHAZA.

Je ne vous ai point nommé la personne....

ZAMIE.

Ma bonne, me laiffer ainfi avec un jeune homme.

CLÉMENTINE, *s'en allant.*

Soyez en repos ; le tête à tête n'a rien d'indécent.

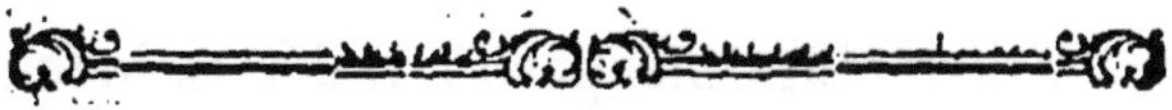

SCENE VI.

PHAZA, ZAMIE.

PHAZA.

ELLE n'écoute rien ; jamais on n'a donné fi peu d'attention.... Quel étrange embarras ! comment en fortir ? Il faut que vous m'aidiez, Zamie. Avouez que je ne vous plais pas ?

ZAMIE.

Oh ! point du tout.

PHAZA.

Vous pourriez le dire d'un ton moins décifif. Mais qu'importe ! vous ferez plus d'efforts pour m'aider à rompre le deffein de Clémentine.

ZAMIE.

Que faut-il faire ? Vous n'avez qu'à dire.

PHAZA.

D'abord il faut déclarer vos sentimens à tout le monde.

ZAMIE.

Très volontiers.

PHAZA.

Votre tante me paroît si déterminée, que ce ne sera peut-être pas assez ; il faudra donner des raisons de votre éloignement pour moi, & je vous les indiquerai.

ZAMIE.

Il suffit de vous voir pour les trouver.

PHAZA.

Vous n'êtes point flatteuse.

ZAMIE.

Vous êtes fort obligeant, vous.

PHAZA.

J'ai de bonnes raisons pour parler comme je fais ; mais vous, ce ne peut être qu'un caprice qui pourroit se passer. Les femmes sont si foibles !

ZAMIE.

Eh bien ! si vous êtes si fort, vous n'avez qu'à dire toujours non, on ne vous mariera pas.

PHAZA.

Il ne convient point à un homme d'apporter une réſiſtance que l'on regarde comme une groſſiereté ; c'eſt-là mon embarras.

ZAMIE.

Vous avez cependant autant d'intérêt que moi à rompre notre union.

PHAZA.

Vous vous trompez très-fort, les choſes ne ſont point égales. Qu'un homme ſe marie, qu'il ait une femme, ou qu'il n'en ait pas, c'eſt à peu près la même choſe. Moins engagé par les liens de l'himen que par une ſimple parole d'honneur, il reſte libre, indépendant, maître abſolu de ſes volontés. Mais vous, victimes de nos prérogatives, en prenant un époux, vous renoncez à vos droits ſur votre liberté, ſur votre perſonne, & même ſur votre cœur. Vos chaînes ſont d'airain forgées par l'uſurpation ; le préjugé les attache, & l'honnêteté les reſſerre. Si je n'avois d'ailleurs une raiſon eſſentielle de ne point me marier, que m'importeroit de prendre un joug qui ne ſeroit que pour vous ?

ZAMIE.

ZAMIE.

Je ne crois rien de tout cela.

PHAZA.

Je n'en fuis point étonné;on vous élève
fi mal ! vous êtes d'une ignorance ! le
plus fot des hommes peut vous tromper ,
& c'eft l'amour qui vous perd.

ZAMIE.

Mais ou prenez - vous ce que vous
dites ?

PHAZA.

Dans la bonne éducation que j'ai reçu,
& tout homme d'efprit penfe comme
moi.

ZAMIE.

Ah ! je crois qu'Azor a bien autant
d'efprit que vous , & cependant....

PHAZA.

Azor ! Azor ! vous le connoiffez ?

ZAMIE.

Affurément.

PHAZA.

Vous l'aimez donc ?

ZAMIE.

De tout mon cœur.

D

PHAZA.

(*A part.*) Le perfide ! (*Haut.*) Il vous
voit souvent ?

ZAMIE.

Pourquoi pas ?

PHAZA.

Il vous aime ? Il vous le dit ? Mais
parlez donc ?

ZAMIE.

Quelle colere ' vous êtes donc amoureux de moi, puisque vous êtes jaloux ?

PHAZA.

Moi, que je vous aime! moi! que j'aye
de l'amour ! ah ! les femmes sont trop
coquettes. Ecoutez , finissons. Je veux
savoir...

ZAMIE.

Ah ! finissons vous-même , je n'y puis
plus tenir. O ciel , préservez-moi d'un
tel mari.

SCENE VII.

PHAZA, *seule.*

VOILA donc ces femmes que Singuliere me difoit être fi malheureufes ! hélas, il ne leur faut aucun mérite pour triompher de nous. Azor a de l'amour ! quelle part me refte-t-il dans fon cœur ? ma franchife, ma bonne foi, ma confiance, tout de ma part va lui paroître infipide... non je ne fouffrirai pas... mon reffentiment ne peut avoir trop de violence... que ne fuis-je une femme ! Les charmes de Zamie ne triompheroient pas fi facilement, & s'il falloit prendre de l'amour, plutôt que de le perdre... Azor, toi feul m'es cher. Tu réunis en toi tout ce que mon ame peut penfer & fentir. Le partage de la tienne me plonge dans le néant... fi je pouvois le voir !... Mais quel prodige, je le vois ! fatale différence ! fa vue qui me charmoit réveille mon reffentiment.

SCENE VIII.

AZOR, PHAZA.

AZOR.

ENFIN je vous revois cher Phaza. Que ce moment m'eſt doux !... Mais quel ſombre accueil !

PHAZA.

C'eſt l'accueil que mérite un parjure qui trahit l'amitié.

AZOR.

Moi ! la trahir ! ah ! jamais elle ne me fut plus chere , jamais mon cœur n'y trouva tant de charmes. Quel autre ſentiment pourroit me faire éprouver des tranſports auſſi doux ?

PHAZA.

L'amour ... vous rougiſſez , perfide ! & ſi j'avois douté de votre crime , le honteux embarras où je vous vois ſuffiroit pour m'en convaincre.

AZOR, *à part.*

Le voilà donc arrivé ce malheur inévitable !

PHAZA.

La découverte de votre secret vous
étonne ; & vous l'aviez confié à une femme ! vous commencez à sentir la punition
de votre aveuglement, elle sera suivie de
bien d'autres.

AZOR.

Qu'elles tombent toutes sur moi, que
vos jours soient sauvés ?

PHAZA.

Vous savez donc, ingrat, que mes
jours dépendent de vos sentimens. Eh
bien pour mieux vous confondre, je veux
encore vous le dire : oui je ne saurois vivre
sans vous ; en garde contre les passions,
l'amitié m'en tenoit lieu. J'en faisois mes
devoirs, mes plaisirs, mon bonheur. Vous
n'avez pu soutenir un commerce tran-
quille, innocent, vertüeux ; mais devois-
je craindre le piége le moins adroit ? étoit-
ce à Zamie à vous séduire.

AZOR.

Zamie !

PHAZA.

Oui, & je sais d'elle-même...

AZOR.

Quoi c'est Zamie qui vous fait soup-
çonner...

PHAZA.

La feinte eſt inutile. Mais ſavez-vous
qu'il n'a tenu qu'à moi ; qu'il eſt encore
en mon pouvoir de vous ravir l'objet
de votre amour ? demain , ſi je le veux,
je puis être ſon époux. Vous n'en êtes
point allarmé, je le vois , rien n'altere
votre ſécurité , vous me connoiſſez trop.
Eh bien connoiſſez moi mieux. J'ai re-
fuſez la main de Zamie , & ce n'eſt pas
même un ſacrifice que je vous fais. Fidele
à mes engagemens , ferme dans mes réſo-
lutions, l'amour ne peut rien ſur mon
cœur.

AZOR.

Ne me demandez rien , liſez dans mon
cœur, voyez y l'amitié, mais une amitié
violente , ſans bornes… Phaza ſi vous
ſaviez… ah ! ma vie eſt à vous. Faut-
il par de nouveaux ſermens…

PHAZA.

N'en faites point. Répétez moi ſeulement que vous n'aimez point Zamie, ré-
pétez-le moi mille fois.

AZOR.

Non je ne l'aime point , & je ne l'ai-

merai jamais. Je le jure par vous même,
c'est mon serment le plus sacré,

P H A Z A.

Je suis trop sincére pour ne pas vous
croire. Azor, ne trompez pas votre fidel
ami. Prenons des mesures pour éviter . . .

S C E N E   IX

CLEMENTINE, AZOR, PHAZA.

CLÉMENTINE.

JE n'aurois pas cru avoir à me plaindre
de vous, Phaza.

P H A Z A.

De moi, Madame !

CLÉMENTINE.

Vous pouviez vous dispenser d'épouser
Zamie ; mais falloit-il lui parler aussi durement que vous avez fait ? Un jeune
homme bien né doit observer les égards
qui sont dus aux femmes.

PHAZA.

J'ai tort je le confeffe, & je vous fup-
plie, Madame, d'oublier...

CLÉMENTINE

La meilleure juftification eft celle d'a-
vouer fes fautes. N'y penfons plus, & pour
vous prouver que je ne garde point de
rancune, je viens vous dégager d'un
himen qui ne feroit heureux ni pour l'un
ni pour l'autre.

PHAZA.

Ah, Madame ! que vous êtes bonne !

CLÉMENTINE.

Pour affurer votre repos, & nous mettre tous à l'abri des reproches de Singuliere, je veux avant fon retour unir mon
fils à Zamie.

AZOR, *à part.*

A quoi tend ce difcours ?

PHAZA.

Vous mettez le comble à vos bontés
Madame, & ma reconnoiffance.

CLÉMENTINE.

Mon fils, préparez-vous à un himen
qui ne doit pas vous déplaire.

PHAZA.

Son fils ! ô Ciel !

CLÉMENTINE, *à Azor.*

Vous ne repondez point.

AZOR.

Madame…

CLÉMENTINE.

Eh bien !

PHAZA.

Eh Madame ! n'entendez vous pas ce
triste silence ? Un fils respectueux peut-
il s'expliquer autrement ?

CLÉMENTINE.

Pour lui servir d'interprête, il faudroit
être mieux instruit de ses intentions, tout
le monde n'a pas adopté la façon bizarre
dont vous pensez sur l'hymen.

PHAZA.

Et croyez-vous, Madame, faire adopter
à tout le monde le goût décidé que vous
avez pour faire des mariages.

CLÉMENTINE, *riant.*

Ah, ah ! l'aigreur s'en mêle !

PHAZA,

Non, Madame…

CLÉMENTINE.

Ne vous allarmez pas, je n'en suis point
offenſée. Au contraire ce petit trait d'humeur me plaît. Je vous prie ſeulement de
ne plus vous mêler d'une affaire qui ne
vous regarde pas.

PHAZA.

Non, Madame, je ne puis vous obéir.
J'amitié à des devoirs indiſpenſables.
Vous ne pouvez me faire un crime de parler pour un ami, quand le reſpect & la
ſoumiſſion lui ferment la bouche.

CLÉMENTINE.

Azor eſt votre ami?

PHAZA.

• Eh! oui, Madame. j'ai voulu cent
fois vous le dire; vous ne voulez rien entendre.

CLÉMENTINE

S'il eſt votre ami, c'eſt une raiſon pour
déſirer ſon bonheur.

PHAZA,

(*A part.*) Son bonheur! quel funeſte
mot! (*haut.*) Eh bien, Madame, ſi c'eſt
ton bonheur, je dois y conſentir. Mais il
me reſtera toujours à me plaindre de vos
procédés à mon égard.

CLÉMENTINE.

De mes procédés ! expliquons-nous.
Je vous offre ma niéce, vous la refusez ;
je la donne à un autre, vous le trouvez
mauvais ; est-ce de votre côté où du mien
que sont les mauvais procédés ?

PHAZA.

Au moins, Madame, il seroit juste de
savoir les sentimens d'Azor sur ce que
vous exigez de lui.

CLÉMENTINE.

Je veux bien qu'il s'explique. Je me
préte à tout comme vous voyez ; parlez,
mon fils, ne laissez aucune inquiétude à
votre ami. (*bas.*) Prenez garde à ce que
vous direz.

AZOR.

Je sais, Madame, avec quelle soumis-
sion je dois recevoir . . .

PHAZA.

Et moi je sais que je ne dois pas être
plus longtems le jouet de l'un & de l'autre. Vous m'avez offert votre niéce, c'est
moi qui l'épouse, Madame, arrangez-vous
la-dessus.

CLÉMENTINE.

C'est à vous à vous arranger ; vous êtes

amis & Rivaux, expliqués vous enfemble.
Je vous connois trop pour craindre les
querelles, vous me ferez part de votre
réfolution.

S C E N E X.

P H A Z A, A Z O R.

P H A Z A.

LA mienne eft inébranlable. Je fens,
je fens le prix des chaines de Zamie, le
facrifice feroit trop fort ; vous devez me
la céder.

A Z O R.

Ah ! je vous la céde de tout mon cœur.

P H A Z A.

Je m'y attendois, une ame douce & do-
cile fe prête à tout ; vous acceptiez Zamie
par égard pour votre mere, vous me la
cédez par complaifance. Quel heureux
caractère pour la fociété !

A Z O R.

Vous ne ferez jamais fon époux. Je
ferois trop heureux fi je n'avois que ce
malheur à craindre.

PHAZA.

Cette froide confiance m'encourage.
Il me restoit quelques scrupules sur la
peine que je pouvois vous causer, mais
il y auroit de la lâcheté à ne pas suivre
votre exemple. Oui, je livre mon cœur
aux charmes de Zamie, & je renonce
pour jamais à l'insipide amitié.

AZOR.

Vous prononcez l'arrêt de ma mort;
ah, Phaza! pouvez vous sans frémir
m'assurer de votre indifférence?

PHAZA.

Vous consentez paisiblement à me voir
prendre de l'amour; qu'est-ce que l'amitié d'un cœur livré aux passions, & que
regrettez vous?

AZOR.

Ce que je regrette! hélas!... Phaza,
vous saurez un jour qu'il n'est pas un ins-
tant de ma vie qui ne soit un sacrifice que
je fais à la vôtre; vous frémirez des tour-
mens que j'endure, & vous saurez si mon
cœur étoit à vous. Adieu je ne puis soutenir plus longtems...

PHAZA.

Non, demeurez. Si votre désespoir est

feint, il l'eſt trop bien pour moi. Mais quelle eſt l'obſcurité qui regne aujourd'hui dans vos paroles, j'entrevois qu'un ſecret important vous trouble. Pourquoi me le cacher ? eſt-ce ainſi qu'un ami...

A Z O R.

Croyez quand je me tais, que jamais... l'amitié... n'a donné de plus fortes preuves de ſon pouvoir, & que ſi vous ne m'étiez pas plus cher que moi-même... Phaza que je ſuis malheureux !

P H A Z A.

Vous êtes malheureux ! je n'ai plus de reproches à vous faire, rendons à l'amitié tous ſes droits ſur nous. La confiance eſt ſon devoir le plus ſacré. Un ſecret vous dévore : quel qu'il ſoit, il faut me le confier. Si quelque malheur vous menace je veux au prix de ma vie vous en garantir.

A Z O R.

N'approfondiſſez pas un miſtere dont votre mort & la mienne ſeroit le fruit. O Deſtin ! tes arrêts ſont-ils irrévocables !

P H A Z A.

Je me rends. La peine que je vous cauſe impoſe ſilence à ma curioſité. Mais Zamie

cauſe tous nos chagrins ; je vais trouver
Clémentine, il faut qu'elle renvoye l'objet de nos diviſions : nous gouterons, après
ſon départ, quelques momens de repos,
juſqu'au retour de Singuliere...

AZOR.

Zamie ne ſortira point d'ici, vous ne
l'obtiendrez pas.

· PHAZA.

Eh quoi ! toujours occupé de Zamie !
vous voudriez peut être qu'elle demeurât,
mais vous n'aurez pas cette ſatisfaction,
je vais employer tout mon crédit ſur ſa
tante, & nous verrons après ſi vous la
regreterez.

SCENE XI.

AZOR, ſeul.

QUELLE ſituation ! elle m'aime. Sa ten-
dreſſe eſt peinte juſque dans ſa colere. Son
erreur fait ſon tourment & le mien, & je
ne puis la faire ceſſer ſans expoſer ſa vie !
comment, par quel moyen terminer de ſi
cruelles peines !

S C E N E XII.

A Z O R , Z A M I E.

Z A M I E.

AH ! vous voilà, ma bonne m'a dit de vous chercher, elle veut vous parler.

A Z O R.

Que me veut-elle ? Suis-je en état d'écouter son sang froid ? Et vous Zamie ! vous avez pensé me perdre par votre indiscretion. Où prenez vous ce que vous avez dit à Phaza ? sur quel fondement ? il me semble que tout se réunit pour me désespérer.

Z A M I E.

Mais vraiment ! vous extravaguez donc aussi vous ? quel mal ai-je fait ? Phaza me dit mille choses désobligeantes, & je n'oserai lui répondre ?

A Z O R.

Il n'est pas question de cela, il faut le désabuser & ne pas perdre un moment.

Z A M I E.

De quoi faut-il le désabuser ? faut-il lui

dire que je l'aime? comme je mentirois!

AZOR.

Au contraire, vous ne m'entendez pas.
Il faut l'affurer que vous n'avez point de
goût pour moi, en un mot que vous ne
voulez prendre aucun engagement.

ZAMIE.

Si les hommes étoient tous auffi ridicules que vous deux, je vous réponds bien
que je n'en voudrois jamais.

AZOR.

Oui, fort bien, ajoutez-y que vous
êtes très mécontente de moi, que je n'ai
pas pour vous les égards que vous méritez.
Vous pouvez même dire que je vous traite
quelquefois un peu durement.

ZAMIE.

Pourquoi voulez-vous me faire dire
des fauffetés? hors depuis que vous êtes
ici, je n'ai jamais eú lieu de me plaindre
de vous. Cela n'empêche pas que je ne
connoiffe fort bien vos défauts, & fi vous
voulez, je les dirai tous à Phaza.

AZOR.

Non vraiment! gardez vous en bien.
Songez feulement qu'il eft dans une in-

quiétude dont vous feule pouvez le tirer...

ZAMIE.

Je ne vous entends point, & je ne crois pas que ce foit ma faute. Pour votre Phaza, tant mieux s'il a de l'inquiétude ; je ne voudrois pas faire un pas pour l'en tirer.

AZOR

Eh bien, ma chere Zamie ! que ce foit par pitié pour moi. Si vous faviez le chagrin ... la douleur ... ne me refufez pas.
(Il lui baife la main.)

SCENE XIII.

AZOR, ZAMIE, PHAZA.

PHAZA, *un Javelot à la main qu'il préfente à Azor.*

AH, traitre ! il eft donc vrai...

ZAMIE.

Ma bonne au fecours ! (*elle s'enfuit.*)

AZOR.

Ma vie eft à vous, faites couler mon fang, choififfez l'endroit où vous voulez frapper.

PHAZA.

Son sang ! moi lui donner la mort !

AZOR.

Elle me sera chere.

PHAZA.

Azor ! quel est votre pouvoir ! je meurs de confusion.

AZOR.

Ah ! ne me cachez pas des larmes que je voudrois acheter au prix de ma vie.

PHAZA.

Je ne me connois plus, prenez pitié de moi, ne voyez point ma foiblesse, que ne puis-je me la cacher à moi-même.

AZOR.

Cette foiblesse fait mon bonheur. Livrez-vous à des sentimens si tendres, ils sont dignes de votre cœur.

PHAZA.

Non, vous ne pourrez jamais oublier un attentat qui me fait horreur. J'ai perdu votre estime, je ne suis plus digne de votre amitié.

AZOR.

Eh bien ! c'est donc moi qui vous de-

mande grace pour vous-même. Aimez-
vous , aimez votre ami ; que ce moment
foit le garant éternel de la fincérité de
nos fentimens.

PHAZA.

Votre générofité augmente ma confu-
fion. Azor ! éclairciffez le trouble d'un
cœur qui ne fe connoît pas. Parlez, trouvez vous dans le vôtre les foibleffes dont
je rougis ? Y trouvez-vous cette agitation
qui me dévore ? l'amitié fait-elle éprouver les fentimens tumultueux que j'ai
pour vous ?

AZOR.

N'en doutez pas, nos fentimens font
les mêmes, & nos cœurs font faits l'un
pour l'autre.

PHAZA.

D'autres raifons font naître des doutes
dans mon ame ... je voudrois les éclaircir ... je ne fais comment m'expliquer.
J'ai remarqué plus d'une fois de l'embarras, & même des contradictions dans les
entretiens de Singuliere. J'éprouve des
fentimens tout oppofés à ceux qu'elle com-
battoit en moi , & qu'elle traitoit de foibleffes , appartenantes aux femmes. Mes

réfléxions là-deſſus, les troubles qui m'a-
gitent, tout m'inſpire des ſoupçons qu'à
peine j'oſe vous découvrir... qui ſuis-je
enfin ?

AZOR.

Ah ! qu'oſez-vous penſer !... gardez
vous de croire... nous vous connoiſſons.
Ma mere vous répondra... pourquoi n'eſt
elle pas ici, je cours l'avertir. O bonheur !
la voici.

SCENE XIV.

PHAZA, CLEMENTINE, AZOR.

CLÉMENTINE.

JE viens vous dire Phaza, que le Château eſt entouré de chariots, de pavil-
lons & de gardes. Ce ſont les Grands de
votre Royaume qui viennent demander
leur Roi.

PHAZA.

Leur Roi !... Allons, il faut les ſatis-
faire. Suis-je libre, Madame, puis-je quitter ces lieux ?

AZOR.

Ah! je vais donc vous perdre! je suis au comble du malheur.

CLÉMENTINE, *à Phaza.*

Je puis faire ouvrir les portes, vous recevrez l'hommage de vos sujets. Mais le terme du pouvoir de Singuliere sur vous n'eſt point expiré. Vous ne pouvez ſortir ſans exciter ſa vengeance ſur vous & ſur nous.

PHAZA.

Un coup de lumiere m'éclaire ſur l'exécution d'un projet médité depuis longtems, je vais remplir le plus cher de mes vœux ; qui l'auroit penſé, qu'un déguiſement préparé pour le bal ſerviroit au bonheur de ma vie ? Madame, ſi vous aimez votre fils, vous me ſeconderez... Attendez-moi, n'entreprenez rien avant mon retour, je ſuis ici dans un moment.

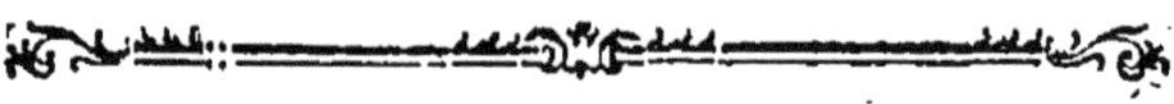

SCENE XV.

CLEMENTINE, AZOR.

CLÉMENTINE.

JE savois tout ce qui se passoit entre vous, & j'ai cru qu'il étoit tems de transporter ici les premiers de ses sujets, mais je ne sais que penser d'un si prompt changement d'humeur.

AZOR.

En faut-il chercher d'autre cause que le plasir de la liberté, celui de regner ? Elle oublie tout, elle ne m'aime plus. C'est vous, Madame, qui me perdez. Les tracasseries que vous lui avez suscité, n'ont fait que son tourment & le mien ; vous en voyez le fruit. Fatiguée de tant de contradictions, elle ne voit que la fuite pour s'en délivrer.

CLÉMENTINE.

Voilà l'injustice de l'amour. Etoit-il un moyen plus assuré de l'amener à l'accomplissement de l'arrêt du Destin, que celui d'exciter vivement dans fon cœur le dépit & la jaloufie.

A Z O R.

Elle va partir, je la perds & je meurs.

CLÉMENTINE.

Elle ne partira point. Rappellez-vous donc qu'elle ne peut fe fouftraire au pouvoir de la Fée qu'en fe jettant aux pieds d'un vainqueur.

A Z O R.

Quoi, toujours cet arrêt! non, Madame, rien ne me perfuadera que le deftin attache le bonheur ou le malheur à des circonftances fi bizarres.

CLÉMENTINE.

Ce n'eft point aux circonftances que font attachés le bonheur ou le malheur des mortels, elles n'en font que les époques. Si elles femblent bizarres, ce n'eft qu'autant que les faits font annoncés dépouillés de leurs rapports néceffaires avec leurs caufes. Sont-ils arrivés, le merveilleux difparoit, ils rentrent dans la claffe des événemens les plus ordinaires.

A Z O R.

AZOR.

Oh ! oui, Madame, c'eſt ici le moment de Philoſopher, je ſuis fort en état d'é-couter un raiſonnement bien ſuivi, bien conſéquent. Ah ! ſongez plutôt aux moyens de retenir Phaza & de lui cacher ſon ſort qu'elle commence à ſoupçonner.

CLÉMENTINE.

Vous me faites trembler ; vous avez donc parlé ?

AZOR.

Non, Madame, mais le tumulte de ſes ſentimens, leur agitation, un emporte-ment bientôt ſuivi de larmes & d'une honte peu naturelle aux hommes, tout cela l'étonne & lui ouvre les yeux. Elle ſe ſoupçonne enfin. J'en ai frémi, je me ſuis efforcé de confirmer ſon erreur, mais j'étois tout prêt de ſuccomber au plaiſir de l'inſtruire, lorſque vous êtes arrivée.

CLÉMENTINE.

Enfin, elle ne ſait rien, c'eſt beaucoup, elle vous aime, c'eſt encore le point eſ-ſentiel.

AZOR.

Ah ! je n'en puis douter ; ſi vous aviez été témoin de ſa confuſion, de ſa mo-

E

deftie après s'être emportée contre moi ;
combien elle a fait éclater de tendreffe
& d'amour ; Madame, fi je la perds vous
n'avez plus de fils.

CLÉMENTINE.

Il faut voir ce qu'elle projette, atten-
dons fon retour, alors nous prendrons des
mefures...

AZOR.

Oui, Madame, perdons toujours un
tems précieux qui s'échappe ; le jour
va finir ; dans une heure Phaza retombe
pour jamais fous la puiflance de Singuliere, ou bien elle ira m'oublier fur le
trône, & voilà comme vous m'avez fervi.

SCENE XVII.

CLÉMENTINE, AZOR, ZAMIE.

ZAMIE.

MA bonne, je vous conjure de me ren-
voyer, je ne faurois plus demeurer ici.

CLÉMENTINE.

Pourquoi donc ?

ZAMIE.

A cause de Phaza. Malgré tout ce que vous lui avez dit, il est plus insupportable que jamais.

AZOR.

C'est que vous l'avez contrarié, j'en suis sûr.

ZAMIE.

Oh! vous prendrez toujours son parti contre moi, je le sais bien.

CLÉMENTINE.

Enfin qu'a-t-il fait de nouveau?

ZAMIE.

Il m'a rencontrée en vous quittant, il m'a obligée de le suivre pour lui apprendre, disoit-il, à se coëffer en femme; mais ce n'étoit apparemment que pour me dire des injures, car il ne me les a pas épargnées.

AZOR.

Comment! il s'habille en femme! il doit être charmant.

ZAMIE.

Il croit l'être au moins. En me disant que j'aime à plaire, que je suis une coquette, il mettoit du rouge & des mouches avec une attention la plus ridicule.

AZOR.

Et pourquoi le quitter ? ne pouviez-vous lui donner vos foins ? n'entendant rien à ce nouvel ajuftement, il l'arrangera mal. Que vous êtes défobligeante !

ZAMIE.

Je vous confeille de me quereller auffi.

AZOR.

Madame, renvoyez-la. Seroit-il agréable que Phaza parut dans un défordre qui lui fieroit fans doute ? mais enfin...

CLÉMENTINE.

Allez Zamie, retournez auprès de Phaza, & donnez vos foins à fon ajuftement.

ZAMIE.

Mais, ma bonne, il eft bien dur d'entendre...

CLÉMENTINE.

Ayez de la complaifance.

ZAMIE.

J'obéis, (*bas à Azor.*) hum ! vous me le payerez.

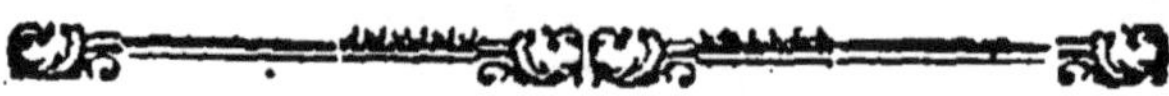

SCENE XVII.

AZOR, CLÉMENTINE.

AZOR.

J'Y cours moi-même.

CLÉMENTINE.

Arrêtez ; convient-il... Vous perdez l'eſprit.

AZOR.

Eh, Madame! je ne vois que le tems qui m'échappe. Laiſſez-moi jouir de ſa vue. Sous l'habit de femme elle doit être mille fois plus belle.

CLÉMENTINE.

Pourquoi ce déguiſement ? C'eſt un projet que je ne puis pénétrer. Ce n'eſt aſſurément pas pour le bal , d'autres ſoins l'occupent. La voici , je vous laiſſe.

SCENE XVIII.

AZOR , PHAZA.

PHAZA.

AZor ! voici le moment qui doit dé-
cider de notre fort ; je viens vous faire
une propofition , vous demander une
grace qu'il faut m'accorder ou ceffer de
nous voir.

AZOR.

Ne regnez-vous pas fur mon ame ?
Vos volontés ne font-elles pas mes loix ?
Ah ! pour vous faire obéir falloit-il re-
lever vos charmes d'un éclat enchan-
teur ? Falloit-il paroître à mes yeux avec
toutes les graces... Non , je ne fuis plus
le maître de garder un filence odieux...

PHAZA.

Quel étrange langage !.. Il m'inti-
mide. Un fentiment inconnu... Suis-je
dans l'erreur ? Ou mes habits vous font-
ils une illufion fi forte...

AZOR.

Ah ' je frémis... Non , mon cher Phaza , non ; n'attribuez qu'à la surprise de
vous voir dans ce déguisement... (*A part.*)
Ah ! quelle violence !

PHAZA.

Quoi qu'il en soit , il doit faire notre
bonheur. Mais il n'y a pas un moment
à perdre. Mes su'ets vont entrer , ne
voyant ici que vous d'homme , ils feront faciles à tromper ; il faut prendre
mon nom (qu'il me fera doux de vous le
voir porter !) Il faut regner à ma place ,
eſt-ce trop d'une couronne pour un ami
tel que vous ?

AZOR.

Quelle propoſition ! que je conſente à
vous ravir l'Empire ! y penſez-vous, trop
généreux Phaza ?

PHAZA.

Je ferai l'ami de mon Roi , mon fort
fera plus doux que le votre.

AZOR.

Mon cœur fuffit à peine aux fentimens
qu'il éprouve. Ah ! Phaza ! fi je pouvois
parler.

PHAZA.

Allons, fuivez-moi, il faut que votre mere.... Pour peu que vous lui foyez cher, elle ne peut ni ne doit s'oppofer à mon deffein. Je goûte d'avance le bonheur des immortels.

AZOR.

Détrompez-vous, Phaza, vous me feriez la plus mortelle injure fi vous pouviez penfer que j'acceptaffe un don....

PHAZA.

Eh, quoi! vous me refufez ; vous me raviffez le fuprême bonheur de couronner la vertu, le mérite ; enfin mon unique ami. Azor ! foyez généreux, acceptez le feul don qui foit en mon pouvoir... Si l'univers étoit à moi, je le croirois trop peu. Vous ne répondez rien, le tems preffe, vous me défefperez.... Pouvezvous me refufer ? C'eft la premiere grace que je vous ai demandée, c'eft l'amitié la plus pure qui vous en conjure à genoux.....

SCENE DERNIERE.

CLEMENTINE, AZOR, PHAZA, ZAMIE.

CLÉMENTINE.

C'Est l'amour, belle Phaza ! l'arrêt du deftin eft accompli ; que votre erreur finiffe avec le regne de Singuliere. Vous êtes libre, foyez heureufe.

PHAZA.

Ah, Madame ! que m'apprenez vous? Il eft donc vrai que mes foupçous.... Mais pourquoi m'a-t-on trompée ?

CLÉMENTINE.

On vous en inftruira.

AZOR.

Adorable Phaza ! je puis donc à vos pieds expirer d'amour & de raviffement !

PHAZA.

Levez-vous. Je ne puis me rapeller les

égaremens où mon erreur m'a plongée
sans mourir de confusion. Allez regner
à ma place , & que cette solitude ense-
velisse à jamais le souvenir...

CLÉMENTINE.

Laissez à Singuliere le soin d'y cacher
son désespoir & ses ridicules. Son dessein
étoit de changer les loix de la nature ,
elles seront toujours les plus fortes ; votre
cœur n'a pu s'y tromper , il parloit le
langage de l'amour , vous ne parliez que
celui de l'amitié ; qu'avez-vous à vous
reprocher ? Vous vouliez couronner l'a-
mi , faites regner l'amant.

AZOR.

C'est à vos pieds que j'attends l'arrêt
de ma vie ou de ma mort.

PHAZA.

Mon cœur l'avoit prononcé avant de
se connoître.

CLÉMENTINE.

Allons , mes enfans , célébrons ici
votre himen : le bal est préparé ; mais

charmante Phaza , il faut chercher un autre déguifement.

ZAMIE.

Ah ! fi j'avois fu qu'elle ne fut qu'une femme , comme je lui aurois rendu fes injures.

FIN.